きのう（昨日）を振り返り
あした（明日）を見晴るかす

井上吉郎

まえがき

「むかし・過去」を振り返り、「いま・ここ」を確認してこそ、「あす・未来」を語ることが可能になります。「むかし・過去」と「いま・ここ」は、「あす・未来」を語るときの「宝庫」です。「むかし・過去」と「いま・ここ」を踏まえない「あす・未来」は、脆弱です。これは、事物にも人間にも、過去の出来事や読書にも、あるいは選挙にも言えることです。

「きのう（昨日）を振り返りあした（明日）を見晴るかす」とき、自分の「いま」が見えてきます。「合わせ鏡」のようなものです。事物、人間、芝居と対象はさまざまですが、「効能」は変わりません。

「記憶に残る日にて」で強調したいのは、僕らが忘れてはならない日にちがあるということです。忘れないからこそ、前にも進めますし、「人間」として生き続けることができます。

「読書新生」は読書する営みの愉しさを謳いあげます。その読書は、「書評」することで完結します。そこに待っているのは、「至福の刻」です。

「人間の選択と戦争」。選択をあやまった刻、大げさに言えば、その先には「戦争」が待ち構えています。あやまりが大きければ大きいほど、大きな悲惨が待っています。

目次

I　きのう（昨日）を振り返り あした（明日）を見晴るかす

《〝売り場〟と〝買い場〟と》

家の周囲500メートルに、大型のスーパーマーケット1店、小規模スーパーが3店、商店街2つ、コンビニ4店があります。そういう意味では、〝買い物難民〟にならなくて済む、便利なところです。大型スーパーの1階は、野菜・果物、魚、肉など生鮮品の売り場になっています。夕方ともなると、勤め帰りの人でレジもあわただしさを増します。事情は小規模スーパーでも変わりません。その一方で、買い物客と対話能力をもっているはずの商店街はまるで「無言の行」、沈黙、衰退が目立つようになりました。

スーパーにもコンビニにも、その機能は求められません。その代わりにはなりませんが、機能を補うものとして、〝売り場〟を〝買い場〟に発展させる努力があるのではないでしょうか。〝売り場〟は売る側、店の論理です。〝買い場〟では、消費者が商品と問答を交わします。コンビニのように小回りのきく店が伸びて来ると、〝買い場〟が〝売り場〟に戻ってしまいます。〝巨艦主義〟の限界でしょうか。

消費者は〝買い場〟を求めます。消費者は〝買い場〟で、商品購買に必要な情報を求めますし、自分が持っている知識を動員して商品を選びます。そして、それだけでなく、商品と〝対話〟します。選んで良かったという〝満足〟を求めます。僕のように選ぶ商品が限られている者は、変わり映えしない商品構成にゲンナリします。またか！ これしかないのか！

売る側は売れ筋を追います。しかし消費者（僕の場合）は〝夢〟も買います。選ぶこと、買うことが喜びであるような〝買う場〟を僕は欲しています。

《僕を見てしゃべって！》

スーパーマーケットのサービスカウンターで図書券を買いました。初めての人ゆえ、大きな声でゆっくりと、誤解なきよう注文しました。僕は大きな声でしゃべると声も顔も怒っているようになります。本当はそんなことはないのに、マヒした筋肉がそんな悪戯をしてしまうのです。声が調整できないので、叫んでいるようにもなってしまいます。

気持ちがよかったのは、僕の目を見てカウンターの女性が応答してくださったことです。多くは、横にいるヘルパーさんを見やって「会話」する人が多いのです。僕の言葉が聴きとりにくいからだとは思いますが、必ずしも聴きとりにくいだけではなさそうです。発言者の僕（当事者）ではなく、同行者に向かって返事をするのは、通訳に向かって話しかけているようなもので、やはり当事者に語るのが当然ではないでしょうか。何回か行った医師は、僕が患者だのに、伝えることを介助者に言うことを繰り返しました。僕としては無視された格好で面白くありません。相手に面と向かって、「僕に言ってください」とは言いにくいので、編み出したのが、介助者が医師の視野から消えることです。以来、介助者に向かって語りかけることがなくなりました（語りかける相手がいなくなったのだから……）。

そんなことを僕が言ったら、出るは出るは、そういう経験があること、今もそうであることが語られたのです。そして異口同音に語ってくれたのは、おおげさに言うと、人格が傷ついたということです。自己がいるようないないような気分になったということです。

そこで分かったのは、コトバが不自由だからというわけではないという事実です。問われているのは、おおげさなことを言うなら、「障害者観」「人間観」ということではないでしょうか（いや、たんに「障害者」になれていないだけかもしれませんが……）。「障害者権利条約」は、「あたりまえ」の状態を求めています。

《芝居から》

〝ミュージカル「王様と私」を下敷きに、マキノノゾミさんが文学座に書き下ろした会心作です。涙と笑いのエンターテインメント！〟と銘打たれた文学座公演『殿様と私』（作／マキノノゾミ、演出／西川信廣、出演／加藤武・寺田路恵など）はそういう芝居です。芝居自身もさることながら、時代の歴史も勉強できました。

時は1886年、東京・麻布の白河義晃子爵（元の大名）の家です。子爵は急速に西洋化する日本になじめないで、家令とともに酒浸りの日々を送っています。1853年のペリー来航は「鎖国体制」を揺るがし、徳川政府の限界を明らかにしましたが、これは、日本を、不平等条約に放り込む契機になりました。支配者の一部が採ったのが「鹿鳴館」に代表される「欧化路線」でした。そういう「西洋化路線」に反発する子爵＝旧大名に「欧化路線」を批判させます。ひょんなことから、子爵は、その「鹿鳴館」でおこなわれるダンスパーティーに出ることになってしまいます。米国の女性を先生にして、ダンスレッスンが始まります。ドイツ留学が決まった後継ぎ息子、父親である子爵の支配に逆らえない娘、時代が一家をもて遊びます。

１８８６年秋、和歌山県沖で英国の貨物船・ノルマントン号が座礁・沈没するという事件が起こります。英国人船長をはじめとする西洋人乗組員26名は全員救命ボートで脱出、日本人乗客25人全員が溺死します。史実であるこの事件とその後の経過が不平等条約の不当性を浮き彫りにしましたし、子爵一家の対応も直撃しました。先祖伝来の鎧兜を身につけて討ち入るべしと2回も登場する子爵と家令。切腹をしようとする家令の「失敗」など、時代逆行の姿が笑いを誘います。子爵の、時代に取り残された思い、「自立」しようともがく娘のためらいと希望、そんなことも織り交ぜて芝居は進みます。「過去の栄光」と「今の屈辱」、「未来の希望」を芝居は描くのです。

《無言宣伝を始めた日》

特定秘密保護法に対する異議申し立てが広がりを見せた２０１３年11月24日から、「一人街宣」（当時はそう呼んでいました）を始めました。
①11月24日。「異議あり！秘密保護法」と書いて「一人街宣」。
②12月5日。京都市北区の嵐電(らんでん)の北野白梅町駅前、雲ひとつない晴れあがった空です。首から「異議あり！秘密保護法」と書いてある紙をぶらさげました（昨日は手で持っていました）。「僕も反対です」など声をかけてくださる大学学部長、〝目サイン〟を送ってくださる人が何人も。拡声器も使えず（言語障害があるので）、チラシも撒けず（右手が不随意運動をする）、ひたすら車いすに座って「訴える」しかありませんが、それでも多くの人に思いを伝えられました（自己満足？）。同日午後4時過ぎ、特定秘密保護法案が参議院の委員会で採決されました。
③12月6日。「採決強行／抗議」と書いて交差点を前に見て車いすで無言の宣伝。何人もの人が声をかけてくださり感激。特定秘密保護法案の委員会採決強行に抗議しての行動です。
④12月7日。「抗議！秘密保護法」と書いて無言宣伝。〈言葉は、どれほど鋭くても、またどれほど多くの人々の声となっても、1台の戦車さえ破壊することはできない。戦車は、すべての声を沈黙させることができるし、プラハの全体を破壊することさ

えもできる。しかし、プラハ街頭における戦車の存在そのものをみずから正当化することだけはできないだろう。……1968年の夏、小雨に濡れたプラハの街頭に対峙していたのは、圧倒的で無力な戦車と、無力で圧倒的な言葉であった〉（加藤周一「言葉と戦車」）

⑤12月8日。「不許／秘密保護法」と書きました。72年前の今日、帝国日本はアジア・太平洋戦争を始めました。この日、白梅町交差点で、「民主府政の会」が京都府知事選挙の候補者・尾崎望さんのお披露目タウンミーティングをしていました。

《改憲ゆるすまじ！》

2020年は第2次世界大戦終結75年の年、日本に関していえば、この75年間を特色づけてきた「平和主義」が根底から揺らいでいる年でもあります。

20世紀を〝戦争の世紀〟と位置付けるなら、日本の20世紀前半は文字通りその通りでした。「富国強兵」日本、「軍国日本」は、「侵略日本」と同義でもありました。そして問題の一つは、〝侵略の歴史〟〝加害の歴史〟に触れることが少なかったことではないでしょうか。そういう間隙をつく形で、〝戦後レジームからの脱却〟を掲げ、〝戦前レジームの復活〟を掲げる「安倍政治」が、日本政治を両断しています。

〈フランスで刊行された反ファシズムの寓話「茶色の朝」日本版の解説で、「だれもがもっている怠慢、臆病、自己保身、他者への無関心といった日常的な態度の積み重ねが、ファシズムや全体主義を成立させる重要な要因」と指摘しています。「茶色の朝」は、すでに来ています〉（「極右化する政治　戦後七〇年という岐路を前に」、『世界』2015年1月号高橋哲哉論文）。「加害」「負」の面から、「日中戦争」「アジア・太平洋戦争」「第2次世界大戦」をとらえない日本は、特定秘密保護法の成立、「武器輸出三原則」の投げすて、集団的自衛権行使容認の閣議決定という「戦争する国」づくりの道を走っています。その現状は、高橋が前掲論考で指摘するように、国民に支えられているのではないでしょうか。

《『羊の歌』》

クリスマスプレゼントとお正月のお年玉を兼ねて、君に本を送ります。ただし、いくつかの留意点が必要です。

『羊の歌』（岩波新書）の正と続の2冊ですが、いずれもむずかしい漢字や言い回しが出てきます。気にしないで、読むことをお勧めします。著者は1919年のひつじ年に生まれ、この本は1960年代に書かれています。ずいぶん昔のことで、わからないこと、知らないことも少なくないでしょう。これも気にしないで、読み進めましょう。著者は90歳を前にして死んだ物書きです。この本は長いこと、多くの人に読み継がれてきました。著者の「自伝」ともとれますが、「同時代史」とも読めますし、一人の日本人が歩んできた道とも読めます。

僕も、あなたのお父さんも、この著者から大きな影響を受けてきました。僕がこの本にふれて読んだのは、30歳を超えてでした。そういう意味では、あなたは、少しだけ困難を抱えているでしょうが、そんなことを気にせず読んでみてください。書いてある内容、書いている文章は刺激的です。少なくても、僕はそう感じました。あなたにはどうでしょうか。いずれにしても、良い年を迎えてください。お母さんにもよろしく。来るべき来年が希望にあふれた年になることを願っています。（君は孫、当時、中学生）

《山茶花も戦争の犠牲者?!》

♪かきねの垣根のまがりかど
たきびだ焚火だ落葉たき

あたろうかあたろうよ
北風ぴいぷう吹いている

♪さざんか山茶花さいた道
たき火だたき火だ落葉たき
あたろうかあたろうよ
霜やけおててがもうかゆい

♪こがらし木枯らしさむい道
たき火だ焚火だ落葉たき
あたろうかあたろうよ
相談しながら歩いてく

（「たきび」　作詞／巽聖歌・作曲／渡辺茂）

自宅の西側の家の、道に面した場所に、秋から冬にかけて、赤と白の山茶花（さざんか）がたくさん咲いて、散歩する僕の目を愉しませてくれます。道を通るごとに、寒い季節になるにつれこの歌が口にのぼります。

１９４１年12月９、10日、「たきび」はＮＨＫラジオの番組に放送予定として載っていました。しかしながら、「落ち葉も貴重な資源、ふろぐらいは焚ける」「たき火は敵機の攻撃目標になる」と軍部からクレームがつき、11日は戦時番組が放送されました。73年、作詞者である巽聖歌（たつみせいか）は68歳で没していますが、皇太子妃美智子（この時は皇后でもなく、もちろん上皇后美智子でもありませんでした）は「山茶花の咲ける小道の落葉焚き童謡とせし人の今亡く」と詠み、追悼しています。童謡にも、こんな理不尽があったのです。

《ネルソン・マンデラ》

ネルソン・マンデラ（1916～2013。獄中生活は27年間に及ぶ）は、生涯をかけてアパルトヘイトと人種隔離政策と闘い、人間の尊厳を身をもって示した人でした。1990年来日時、東京に行って見たことがあったし、大阪の扇町プールでの演説を聞いたこともあります。90年秋、「アマンドラ」京都公演を友人とともに成功させました。

アパルトヘイト政策をとる南アフリカ政府によって国外追放の憂き目にあった人々数十人が、「アマンドラ」（Power to the People 人々に力を）という名の歌舞団をつくっていました。団長はジョナス・グアングア、トロンボーン奏者でもありました。僕らが編集したブックレットに『アマンドラ』（かもがわ出版）があります。その歌舞団を日本に招いて各地で公演しようという計画が持ち上がりました（90年、27都市7万人）。京都では、府立体育館で5000人を集めて公演することにしました。予算は1000万円（!）。京都に「アパルトヘイトNO」の世論をつくりたいと考えてのことでした。「名誉白人」と呼ばれたように、日本は経済的には強い関係を持っていたのです。日本は南アの最大の貿易相手国になっていたのです。世論を変える一助になればと考えてのことです。

「アマンドリアン」と呼ばれる若い人たちが、準備の輪の中に加わってくれました。事務所を設け、事務局専従の人を3人雇いました。学生、アルバイター、主婦、無職の人など100人を超える人がかかわってくれました。反アパルトヘイトの学習を続けたこともあって、その後、第3世界にかかわる仕事を選ぶ人も出てきました。マンデラは、理不尽に立ち向かい生きる道を選ぶとき、灯台のような人でした。「名誉白人」と揶揄される体質を日本の進出企業はもっていました。「アマンドリアン」にとって「アマンドラ」の表現者たちは目標になりました。あれから30年、初心を忘れない「アマンドリアン」との交流の機会を準備しています。マンデラは「寛容」の人でした。

《「維新期」を問いなおす》

宮地正人著の『幕末維新変革史』は、49章からできています。1868年の「明治維新」を挟む20年ほどを描いている書物です。多くの人が知っている事柄に焦点を当て、その事項に関係するその当時の史料などを示して、出来事の意味を問い直します。もともとは市民向けの講座で話したものがベースになっています。1853年7月14日、米国東印度艦隊司令官ペリーは、久里浜で、米国大統領の日本政府にあてた国書（親書）を渡しました。江戸湾深く侵入したペリーの艦隊から、300人の兵力が上陸しての「事件」です。

ペリーは、江戸湾で国書を渡すこと（開国に道を開く）、国書への回答に要する数カ月のちに再来日して、その時に条約を結ぶといった行動をとることを考えました。国書を渡す際の書簡が執筆されるのですが、それは日本政府に対する脅迫文書になっています。1850年代は「鎖国政策」が大きく揺らぎ、近代に踏み入れる時期だったのです。

〈四艘の小船を率い御府内近海に渡来致し和約の趣意御通達申候、本国此外に数隻の大軍船有之候間、早速渡来可致候間、……もし和約の、儀御承知無御座候わば、来年大軍船を取揃い、早速渡来可致候〉。

「来年大軍船を取揃い」など軍事的脅かしがここには見えます。翌1854年、日米和親条約（下関条約）が結ばれます。不平等条約体制の幕開けです。特定秘密保護法をめぐる、米国のオファー（押し付け的言辞）を見る思いがします。僕は以前から、明治維新の過程を国内の力関係だけで説明することに落ち着かない想いを持ってきました。「江戸政府」が衰退し、「天皇政府」が力を持つ背景に、「外圧」、なかんずく軍事力を背景とする米国の圧力があったことを本書は解き明かしてくれます。ペリー以来の160年余、米国と日本の関係にメスを入れる必要性を本書から学びました。

《死後知る父の想い》

小池真理子著の『沈黙のひと』は、私・三國衿子（えりこ）が、父・泰三との「交流」を綴った小説。パーキンソン病に侵された泰三は、介護付き老人ホームで生を終えます。最後には、衿子がつくった文字表さえ使えないほどになって死を迎える泰三は、死の最後の最後まで「生」への執着を見せます。胃ろうを造設してでも生きたいと願う彼には、いくつかの「動機」

があったのです。

泰三（1922年生）は戦前、帝国大学を出た秀才です。〝プーシキンを隠し持ちたる学徒兵を見逃せし中尉瞳を忘れず〟と詠むような本好き青年であり、文字に対するこだわりは終生変わりません。朝日歌壇の投稿者であり愛好家でもあった彼は、〝老い父の湯あみ助けてぬるる手にはるかに逝きし母の星ふる〟に目を奪われ、作者と、老人ホームに入っても文通を続けます。衿子は、泰三の初めの妻との間に生まれた子どもであり、泰三は彼女ら二人を捨てて不倫相手と再婚、二人の娘をもうけます。しかしながら再婚相手とはうまくゆかずに死を迎えるのです。その再婚中、単身赴任先の仙台で女性を愛してしまいます。パーキンソン病で歩くこともままならなくなった泰三が東京から仙台まで出向きますが、ここには二人の深い愛情が表現されています。

衿子は、大手出版社に勤めています。泰三が彼女らを捨てて、再婚相手のもとに走ったということもあって、老人ホームに入るまでは深く知りませんでした。泰三の遺品を整理していて、泰三の死後に送られてきた手紙を読んで真相を知ります。父が衿子に愛情を寄せていたことが明らかになります。身体機能が衰えに向かう中で、泰三がこだわり続けるのは、自分の意思を相手に伝えたいということです。ワープロを使って、あるいは手作り文字表を使って、最後にはうなずくことによって、意思を伝えようとします。胃ろう造設から数日後、彼はこの世の人でなくなってしまうのです。

《「居住福祉」をアジアにも広げる》

京都市上京区の西陣にある「釘抜き地蔵」は、弘法太師が開いた寺と伝えられ、「苦」が抜ける場として人気を集め、善男善女が今日もお参りしています。一切の「苦」を抜いてくれるとして、終日線香が絶えず、絵馬には「クギ」と「クギ抜き」が張り付けてあり、いまでは地域の人の安らぎの場としても親しまれています。

早川和男著の『災害に負けない「居住福祉」』は、3月11日の悲惨を目にして、「居住福祉」力について書いた警世の書です（早川は2018年死去）。この書は、住居そのものを分析の対象としていますが、同時に「住居」の環境をも紹介しており、著者の「居住福祉」観が広いものであることを示しています。「釘抜きさん」も「居住福祉」を支え、「居住福祉」の一環をなす資源として紹介されています。

阪神・淡路大震災を直接に経験した著者は、地震や津波、土砂崩れや戦争（京都府宇治市のウトロ地区）などの災害現場などに足を運びます。そこでの見聞が本書には反映されていますが、著者は災害の結果の悲惨に立ち止まらないで、どうして、なぜ被害が拡大してしまったのかをも、考察の対象としています。日ごろの「福祉力」が災害時に露呈し、試される。この点でも、著者の主張はぶれません。

居住が権利であり、居住問題抜きで「福祉」は語れません。「居住福祉」は、市民の主張と運動なくしては成り立ちません。著者は本書の最後の文章を「日本列島『居住福祉』改造計画序説」と名付けているのですが、３・11後の日本が歩むべき道を指し示しているといえるでしょう。

著者は、いうまでもなく「知識人」の一人です。とかく「知識人」が権力や権威に寄り添い、その代弁者になり下がる時、批判は鈍くなります。早川は知識人論の書物をものにした人らしく、権力の使い走りになり下がった「知識人」への批判は鋭いのです。その態度が震災被害を広げたと著者はいいます。「いかなる権力にも権威にも奉仕しないことである」（エドワード・サイード）と。《「災害は忘れた頃に来る」と言ったのは寺田寅彦であるが、私は「災害は居住福祉を怠ったまちにやってくる」と考えている》と著者は書いています。「災害」と「福祉」を結ぶ至言です。

《アウシュビッツの惨劇》

1945年1月27日、ポーランド南部にあるアウシュビッツ絶滅収容所は、ソ連軍によって解放されました。2005年、国連はこの日を「国際ホロコースト記念日」と定めています。アウシュビッツからの数少ない生還者の一人にプリーモ・レーヴィ(1919〜1987。ユダヤ系イタリア人。化学者・作家)がいます。以前、立命館大学国際平和ミュージアムで、レーヴィの事跡をたどる展覧会がありましたが、その時はレーヴィの囚人服(囚人番号174517)が展示されていました。氏名不詳の子どもの靴の展示も印象的でした。

第2次世界大戦中、数限りない蛮行が行われて、多くの命が失われ、数え切れない人びとが傷つき、癒えることのない心の傷を残しました。「おぞましいこと」では表現できない野蛮。とりわけ、アジア、太平洋の諸国と地域を、軍靴で踏みにじった軍国日本の蛮行は消えないし、なかったことには出来ません。

ナチスは、「自分たちとは違う」ということをただ一つの理由として、ユダヤ人を収容所に送り込み命を奪いました。「違い」の強調は民族的差異にとどまらないで、障害者にも向かったのです。差異の強調が、ナチスを権力に近付け、彼らを戦争に駆り立てました。「国民」がナチス政権を支持したのも歴史の真実です。その1月27日、世界の「先進国」といわれる主な土地では、アウシュビッツの解放を記念した集会が行われるでしょう。しかし残念ながら、僕の知る限り、日本では市民が参加できる企画がすくないのです。そういう意味も込めて、「ショアー」（Shoah、クロード・ランズマン、１９８５年、フランス、上映時間9時間30分）を、２０１８年1月27日に上映しました。

《「連帯」の選挙》

映画『幸せのありか』（マチェイ・ピェブシッア監督、ポーランド）は、脳性麻痺を抱える男（マテウシュ）の30歳までの困難を描く作品ですが、その中でいくつかのことを描いています。大きな背景として、１９８０年代末の、「連帯」の選挙での勝利が扱われます。

ある出来事が「挿話」のようにさしはさまれます。マテウシュの父親は「連帯」の熱心な支持者らしいのですが、この日、すぐに帰ってくるはずの父親が待てど暮らせどなかなか戻って来ません。父親好きというか、父親のケアに慣れ親しんでいるマテウシュ……、恋焦がれるマテウシュ、その姿がせつなく迫ります。「連帯」の選挙での勝利を祝う花火を窓枠から主人公は見つめます。「言葉」を持たない主人公の心の内と、「障害者」

に接するときの「常識」のようなものをこのシーンは表わしています。「窓枠」の先にある花火、社会の大きな変化を「窓枠の花火」は示します。それを見つめる主人公の目が印象深いのです。

レッテルを貼りつけることが困難を増幅します。医師という「専門家」が困難のレッテルを貼り、「言語聴覚士」を名乗る専門家が、「意思を表わせない」というレッテルを乗り越えます。マテウシュは変わりません。変わる、あるいは変わらなければならないのは周りの方、そんなことをこの映画は教えてくれます。「植物のような状態」と診断した医師ですが、主人公は両親のもとで育ちます。父の突然の死……。しかし、父から教わった星空を見上げる歓びを忘れることはありませんでした。彼は、姉の結婚を機に知的障害養護施設に入れられます。年老いた母やスタッフに不満をぶつけるマテウシュは、ある日、「私は植物ではない」との意思を示すのですが、周囲はそのメッセージを受け取れませんでした。

《中国の片田舎で》

中国東北地方の店、食事をするところでしょう。食事をするという表現が不釣り合いな殺風景な店、客が10人も入れば満員になります。そんな店に僕ら4人は入りました。「きれいでない店に入ろう」「地元のおっちゃんがたむろしているような店を探そう」というのが僕らの合意でした。そこは、そんな店だったのです。僕らはパイプいすに座りました。店の人が注文を取りにきました。うすら汚れた品書きを見上げながら、ワイワイと言いあって、食べ物と飲み物をわからないまま注文しました。注文を受けた側は日本語を解しないし、注文した側は中国語が話せない。しかしながら、品書きには「漢字」が書いてあるので、だいたいがわかったのです。

どうしたことがきっかけになったのかは不明ですが、お店の人と僕らとの、漢字を介しての「交流」が始まりました。自分たちが何者か、自分たちは何をするために中国に来たのか、中国で感じたことは何か、そんなことを漢字で伝えようとしました。同行者の2人は新聞記者、1人は弁護士、それに僕です。「新聞記者」は伝わり、「弁護士」は「法律家」と並べて書くことで分かってもらえました。次は僕の番です。「京都市長浪人」では、当然のことながらチンプンカンプンです。「政治家」というのもおこがましいのですが、他に思いつかなかったので「政治家」と書きました。怪訝そうな表情の彼らでしたが、彼らは「周恩来」と書いてきました。

僕らは大笑いし、相槌を打ちました。彼らも笑っています。彼らが「政治家」で思い浮かべたのは「周恩来」です。以来、僕は「周恩来」になりました。そんな経験もあって「漢字文化圏を創ろう」との呼びかけを受け入れることができました。漢字を厄介なものと考えるか、便利な表意文字ととらえるか。東北アジアの平和な関係を考えるとき、無視できない要素ではないでしょうか。

《自死した友人》

知り合いが、彼が自死したことを教えてくれました。僕にとって自死した彼は〝牛若丸〟のような人であり、ある意味では「目標」でもありました。この15年ほどは没交渉でしたが、その間も気になる存在でした。初めての出会いは、彼が20歳のころ、１９６５年のことです。学生服がよく似合う「学生らしい学生」でした。彼は京都段階の学生組織の代表として、僕らの前で来賓としての演説をしました。大教室の演壇で彼は、よどみなく自説を述べました。「白面の美少年」よろしくの彼の弁舌はあくまで鋭いものがありました。その舌鋒は、あたかも立て板に水、言い淀むということがありません。同年輩の学生が滔々(とうとう)と演説するさまは、僕に深い印象を残しました。

その後、彼とつきあうことになりましたが、彼の物事を額面通りに受け取ることのない言説とモノの考え方に教えられました。というより、シャープで、剃刀のような切り口を見せる立ち居振る舞いが魅力的でした。僕らは、必ずしも、周りの人がうらやむ友人関係は結ばなかったのですが、僕は彼を仰ぎ見ることをやめませんでした。せいぜい、新年会で顔を合わせる関係が何年も続きました。彼の頭の良さゆえ、人との摩擦は絶えませんでした。人生半ばでの失敗もあったようです。電話で話をすることが続きました。いつも物事をありのままに見つめるという姿勢は変わりませんでしたし、同じ姿勢を取り続けた僕への態度も変わりませんでした。

「白面の美少年」にも生活が重くのしかかってきたのでしょうか。いつの間にやら、顔を見なくなりましたし、姿も見せなくなりました。好ましい話が伝わってはきませんでした。彼のことが話題にのぼるたびに、僕は「擁護派」でしたが、それは少数でした。それでも僕の評価は変わりませんでした。「自死」をかみしめています。

《シャワーのような夕立》

「大学浪人」中の夏の出来事、１９６４年のことです。京都市内の公立高校の生徒にとって、「カンブリ」（関西文理学院）は「高校4年生」と呼ばれていて、友人から「お前も4年か」と茶化された記憶は鮮明です。浪人中の僕は、家と予備校の往復、大学に進んだ友達との奈良通い、夜遅くまでの語らいの時間を過ごしました。社会の動きや政治に無関心ではありませんでしたが、特別の政治思想は持っていませんでした。そんな僕が、どうしたことか、北上するデモに魅せられ、魂を奪われたのです。場所は烏丸北大路の大谷大学の横、人々は「原水爆の禁止」を訴えていました。なぜ、どうしてそのデモのことを知ったのか、なぜそのデモについて行こうと思ったのかは今では思い返せません。いや、その時もそれほど明確でなかったかもしれません。ましてやその出来事が持つ重大な意味など理解の外でした。

64年8月、京都で第10回原水爆禁止世界大会が開かれました。僕が出あったデモは会場の京都府立大学グラウンドに向かうその隊列でした。「原水爆の禁止」を人々が訴える姿も強烈でしたし、京都盆地にシャワーのように降った夕立も印象に残っています。そして何より印象深かったのは、豪雨にたじろぐことなく原水爆禁止を訴える人々の姿です。グラウンドの西側のフェンスにカラダを寄せて、しがみつくようにして、僕は大会に「参加」していました。

翌年、大学に入った僕は、夏、広島をめざし、一人で夜行列車に乗りました。広島の街を歩き回り、何人かの人からお話をお聞きし、慰霊祭にも「参加」しました。第11回世界大会へも「参加」（「代表」でなかったので正式には参加できませんでした）しました。前年の体験が僕を広島に引き付けたとは言いすぎでしょうか。被爆から20年の広島で手を合わせて考えました。京都に帰ったらアルバイトをして、そのお金を原爆病院に寄付しよう。大学が始まったら、新しい自分に生まれ変わろう、と。

《寝る前に……》

介護ベッドに横たわる前に、冬季は手間がひとつ増えました。パジャマの上に「肩あて」を付ける（着る）ことです。寝るときは上布団を掛けますが、肩が出てしまうのです。肩が寒いので、カラダ全体をくるむために上布団を引き上げます。そういうのが一般的ですが、僕の場合はバイパップ（人工呼吸器）が邪魔してそうもいきません。

部屋を暖めるためにエアコンを使います。しかしながら、時間が経つうちに部屋の温度は下がります。肩が冷えると人は上布団を引き上げ、あるいは上布団にもぐり込んで、冷える肩をあたためます。それが一般的な反応でしょう。しかしながら、バイパップをつけている僕はそういきません。

そこで、連れ合いが買ってくれたのが「肩あて」。このおかげで、布団から出ている肩の寒さが和らぎます。「肩あて」を付ける（着る）ことで、上布団から出る肩の部分をカバーできるのです。それ自身が暖かいというわけではないのですが、肩が直接、冷気にふれなくて済みます。おそらく、「肩あて」のおかげで安眠ができているのでしょう。ちなみにバイパップからは、空気中の酸素が送られてきます。もともとは、睡眠時無呼吸症候群のためのものですが、僕の場合はそれに加えて、舌が気道をふさいでも呼吸を確保できるようにとの目的もあります。半身まひの僕の舌は、ダラリとたれさがります。バイパップと「肩あて」で睡眠が確保できます。

《ラジオは何を放送したか？》

京都市北区衣笠の立命館大学の東門前の小松原（こまつばら）児童公園の南東角に、今は使われなくなったラジオ塔があります。それは一段高い台の上に「鎮座」しているようです。このラジオ塔からは今は音が聞こえません。遺構といっていいでしょう。もっといえば「戦争遺跡」です。塔の正面には「紀元二千六百年記念建設　心身錬成」と書かれた銘板がはめ込まれています。文字は消されたのか、風雨に晒されて薄れたのか、今では読みづらくなっています。

塔は紀元2600年（1940〈昭和15〉年）を記念して建設されたと推察されます。日中戦争さなかの1940年、「神武天皇即位2600年」を記念して全国で大々的な祝賀イベントが開催されましたが、その一環として小松原公園でもラジオ塔が設置されたのでしょう。ちなみに、京都御所の建礼門前では紀元二千六百年紀元節奉祝大会（2月11日）が行われました（『京都の近代と天皇　御所をめぐる伝統と革新の都市空間1868～1952』（伊藤之雄、千倉書房）。

当時、ラジオは強力な宣伝媒体だったのです。ラジオ体操などだけでなく、銃後の戦意高揚を図るための手段として活用されていました。京都市内には今なお7カ所（『京都新聞』）残っているといいます（設置されたときの姿で現存しているのは6カ所）。「戦争遺跡」ともいえるラジオ塔と、「戦争と平和」を「無言」で語りあいました。

Ⅱ　記憶に残る日にて

《8月6日に寄せて》

コレガ人間ナノデス／原子爆弾ニ依ル変化ヲゴラン下サイ／肉体ガ恐ロシク膨脹シ／男モ女モスベテ一ツノ型ニカヘル／オオ　ソノ真黒焦ゲノ滅茶苦茶ノ／爛レタ顔ノムクンダ唇カラ洩レテ来ル声ハ／「助ケテ下サイ」／ト　カ細イ　静カナ言葉／コレガ　コレガ人間ナノデス／人間ノ顔ナノデス（原民喜「遺書」）。

人間の死体。あれはほんたうに人間の死骸だつたのだらうか。むくむくと動きだしさうになる手足や、絶対者にむかつて投げ出された胴、痙攣して天を掴まうとする指……。光線に突刺された首や、喰ひしばつて白くのぞく歯や、盛りあがつて喰みだす内臓や……。一瞬に引裂かれ、一瞬にむかつて挑まうとする無数のリズム……。うつ伏せに溝に墜ちたものや、横むきにあふのけに、焼け爛れた奈落の底に、墜ちて来た奈落の深みに、それらは悲しげにみんな天を眺めてゐるのだつた（原民喜「鎮護花」）。

私は厠にゐたため一命を拾つた。八月六日の朝、私は八時頃床を離れた。前の晩二回も空襲警報が出、何事もなかつたので、夜明前には服を全部脱いで、久振りに寝巻に着替へて睡つた。それで、起き出した時もパンツ一つであつた。妹はこの姿をみると、朝寝したことをぷつぷつ難じてゐたが、私は黙つて便所へ這入つた。それから何秒後のことかはつきりしないが、突然、私の頭上に一撃が加へられ、眼の前に暗闇がすべり墜ちた。私は思はずうわあと喚き、頭に手をやつて立上つた。嵐のやうなものの墜落する音のほかは真暗でなにもわからない。手探りで扉を開けると、縁側があつた。その時まで、私はうわあといふ自分の声を、ざあーといふもの音の中にはつきり耳にきき、眼が見えないので悶えてゐた。しかし、縁側に出ると、間もなく薄らあかりの中に破壊された家屋が浮び出し、気持もはつきりして来た（原民喜『夏の花』）。

《8月9日に寄せて》

佐世保から長崎に入った私は、小高い丘の上から下を眺めていました。すると、白いマスクをかけた男達が目に入りました。男達は、60センチ程の深さにえぐった穴のそばで、作業をしていました。荷車に山積みにした死体を、石灰の燃える穴の中に、次々と入れていたのです。10歳ぐらいの少年が、歩いてくるのが目に留まりました。おんぶひもをたすきにかけて、幼子を背中に背負っています。弟や妹をおんぶしたまま、広っぱで遊んでいる子供の姿は、当時の日本でよく目にする光景でした。しかし、この少年の様子は、はっきりと違っています。重大な目的を持ってこの焼き場にやってきたという、強い意志が感じられました。しかも裸足です。

少年は、焼き場のふちまで来ると、硬い表情で、目を凝らして立ち尽くしています。背中の赤ん坊は、ぐっすり眠っているのか、首を後ろにのけぞらせたままです。少年は焼き場のふちに、5分か10分、立っていたでしょうか。白いマスクの男達がおもむろに近づき、ゆっくりとおんぶひもを解き始めました。この時私は、背中の幼子が既に死んでいる事に、初めて気付いたのです。男達は、幼子の手と足を持つと、ゆっくりと葬るように、焼き場の熱い灰の上に横たえました。幼い肉体が火に溶ける、ジューという音がしました。それから、まばゆい程の炎が、さっと舞い立ちました。真っ赤な夕日のような炎は、直立不動の少年のまだあどけない頬を、赤く照らしました。

その時です。炎を食い入るように見つめる少年の唇に、血がにじんでいるのに気が付いたのは。少年が、あまりきつく噛み締めている為、唇の血は流れる事もなく、ただ少年の下唇に、赤くにじんでいました。夕日のような炎が静まると、少年はくるりときびすを返し、沈黙のまま、焼き場を去っていきました。（写真「焼き場に立つ少年」で知られるジョー・オダネル）

《8月15日に寄せて》

自分の過ちを認めることはつらい。しかし過ちをつらく感じるということの中に、人間の立派さもあるんだ。（中略）正しい道義に従って行動する能力を備えたものでなければ、自分の過ちを思って、つらい涙を流しはしないのだ。（吉野源三郎）

その頃の政府は、「国民精神総動員」と称して、むやみに多くの標語を作り出していた。

「ぜいたくは敵だ」……冗談ではないと私たちのなかのマルクス主義者はいった。「低賃金を支えにして育ってきた資本主義国ではないか。食うや食わずの大衆に向かって、ぜいたくは敵だもないものだ」「また大和魂、武士道、葉隠……一体この連中は本居宣長をまじめに読んだことがあるのだろうか」と私たちのなかの学者はいった、「宣長の大和心はもののあわれですよ。あれは源氏物語の恋の世界だ。武士道は、江戸時代に、武士の規律がゆるんで手がつけられなくなったから、役人がこしらえたものです。江戸時代のその一面だけを捉えて、大和魂を代表させるわけにはゆかない」。(加藤周一)

国内問題にしても、なるほど日本はドイツの場合のように一応政治的民主主義の地盤の上にファシズムが権力を握ったのではないから、「一般国民」の市民としての政治的責任はそれだけ軽いわけだが、ファシズム支配に黙従した道徳的責任まで解除されるかどうかは問題である。「昨日」邪悪な支配者を迎えたことについて簡単に免責された国民からは「明日」の邪悪な支配に対する積極的な抵抗意識は容易に期待されない。ヤスパースが戦後ドイツについて、「国民が自ら責任を負うことを意識するところに政治的自由の目醒めを告げる最初の徴候がある」といっているのは平凡な真理であるが、われわれにとっても吟

味に値する。（丸山眞男）

《京都五山の送り火に寄せて》

１９４３年（昭和18）８月16日の京都五山の送り火は、戦争に人手が取られていることや燈火管制を理由として中止された。76年前のことだ。当日の朝、ふもとの学童らが、白い姿で山にのぼり、人文字で〝白い大文字〟を演出した。燈火管制は、国民を戦争に動員し、戦争遂行に人々を駆り立てることを目的にしていた。このことを僕らは知って、25年前の94年9月23日、「50年ぶりの〝白い大文字〟を再現しよう」と全国に呼びかけ、１２００人の参加で、〝白い大文字〟を実施した。如意ヶ岳に、〝白い大文字〟が〝灯った〟。

燈火管制の法的根拠となった防空法（37年。41年、43年に改正）第一条は、空襲に際して陸海軍以外のものが行う任務を列挙しているが、そのトップが「燈火管制」だ。空襲が現実のものになった43年の改正でも、燈火管制は、何にも優先して実施すべき「義務」となった。燈火管制について、防空法第八条は「燈火管制ヲ実施スル場合ニ於テハ命令ノ定ムル所ニ依リ……」としているが、「命令」とは燈火管制規則のことである。規則は、「地上の暗黒」を演出する基準だった。その規則通り、大文字は中止された。〝白い大文字〟は反戦・厭戦の意思表示ではなかった。しかしながら、〝光〟の代わりに〝白い大文字〟を選ぶことで、人々は戦争政策にのめり込んでいないという意思を示したのではないだろうか。

人々は防空法がうたった「光ヲ秘匿スベシ」の〝光〟の代わりに〝白い大文字〟をえらんだ。翌44年も同じ理由で火は灯らなかった。さらに45年の送り火は中止された。前日に、帝国日本は敗北を認めたからだ。何百年という長い間、雨天以外の理由で、中止されたのはこの３カ年だけだった。

《1945年8月24日、浮島丸は舞鶴で沈没した》

海軍特設艦船・浮島丸は、ようやく故郷に帰れると、乗り組んだ人は華やいでいたという。ところが船は，釜山（プサン）に向かわないで東舞鶴の港に寄り爆沈した。８月24日の夕刻５時過ぎ、舞鶴湾の佐波賀（さばが）沖３００メートルで船は爆発、沈没した。発表では、朝鮮人労働者など５４９人が犠牲になったと伝わる。

いやいや連れてこられた日本本土で、鉄道工事などに動員されていた朝鮮人を、故国まで無事に送り届ける義務が日本政府にはあった。僕は映画『エイジアン・ブルー　浮島丸サコン』の製作に携わった。事件から50年の節目の年に、異国で「無念死」した人々の追悼の意も込めて映画はつくられた。戦後日本を、「歴史修正主義」が大手を振るって歩いている時、朝鮮の植民地支配と侵略、加害の歴史を直視することは、未来につながる。

狂言役者の茂山千之丞(二世)も友情出演してくれた。千之丞が今様をうたいあげるシーンが印象的だ。『朝日新聞』の「天声人語」(95年5月28日)は、〈狂言役者の茂山千之丞さん、京都市民などが作った敗戦直後の浮島丸事件の映画に無料で出演。「埋没している事実を事実として残すのは戦中派の人間の義務なのです。……事なかれでなく事あれ主義。行動を起こさないと世間に伝わりません〉。被害の記憶は永く残るのに、加害については忘れやすい。この映画は、植民地支配や侵略戦争の事実を直視し強制連行・強制労働をはじめて描いた作品、戦後50年にふさわしい作品だった。

《1943年10月21日は学徒出陣の日だった》

東京の国立競技場を、東京大学の学生を先頭に分列行進するさまは、正視に堪えない。行進する学生の栄誉礼を受けるのは東条首相、都内の学校から動員された女子学生の姿が残されている。行進する学生、送りだす学生・生徒、合わせて数万人、容赦なく降る雨が涙のように見える。

6月25日、東条内閣は「学徒戦時動員体制確立要綱」を決定、10月1日、理工系、教員養成系以外の学生の徴兵猶予が停止され、学徒出陣のセレモニーに結びつく。連合艦隊司令長官・山本五十六が戦死したのが4月18日、アッツ島守備隊が全滅したのが5月29日、京都五山の送り火が、燈火管制を理由として中止されたのが8月16日。

戦争遂行勢力には、戦争が敗北に向かっていることが分かっていたに違いない。しかしながら、例えば、政府は、アッツ島守備隊の全滅を「軍事機密」として国民の目から隠した。「敗北」を「転進」と言い換えて、戦争の現実から国民を欺いた。「軍事機密」には近づけなかったし、そもそも何が「軍事機密」なのかも分からなかった。

1966年10月21日、総評の呼びかけで、「10・21国際反戦デー」が取り組まれた。エスカレートするアメリカのベトナム侵略に反対することを軸に据えて、集会、デモが各地で行われた。僕もその参加者だった。10・21は、「学徒出陣の日」であり「反戦デー」でもあった。

《1853年7月14日（西暦）、米国東インド艦隊司令官（兼日本国特派使節）ペリーは、久里浜で、米国大統領の日本政府にあてた国書を渡した》

江戸湾深く侵入したペリーの艦隊から、300人の兵力が上陸してのことだった。サスケハンナ号を旗艦とし、サラトガ、プリマス、サプライの4隻の艦隊だった。

ペリーは、米国政府から、日本との通商協定を締結することを目標に日本に入国すること、薪水糧食の補給を受けられる要求にすること、米国汽船が太平洋を横断するときに必要な貯炭所を設置させること、米国の遭難船員の生命と財産の保護を実現させること、といった訓令を受けてのことだった。

ペリーは、ビッドルの対日通商要求の失敗も教訓に、江戸湾で国書を渡すこと（開国に道を開く）、国書への回答に要する数カ月のちに再び来日して、その時に条約を結ぶといった行動をとることを構想、そのために国書を渡す際の書簡が執筆される。日本政府に対する、ペリーの強硬姿勢を明らかにした、脅迫文書と言っていい。

〈四艘の小船を率い御府内近海に渡来致し和約の趣意御通達申候、本国此外に数隻の大軍船有之候間、早速渡来可致候間、右着船無之以前に、陛下御許容被下候様仕度候、

もし和約の、儀御承知無御座候わば、来年大軍船を取揃い、早速渡来可致候〉

一読すれば分かるが、「来年大軍船を取揃い」など軍事的力を背景として、軍事的脅かしがここには見える。翌1854年、日米和親条約（下関条約）が結ばれ、日本は続いて、英国、露国とも条約を結び、鎖国体制は崩壊、不平等条約体制に入る。いまの、特定秘密法案をめぐる、米国のオファーを見る思いがする。

Ⅲ　読書新生

《7冊の本》

①トルストイの『戦争と平和』

岩波文庫版で、高校2年生の夏休みに京都・大徳寺（通学していた高等学校が近くでした）の塔頭で読みました。僕にとってははじめての本格的な読書体験でした。吹き渡る夏の風、静寂そのもののお寺、紹介してくれた父親に感謝しました。

②島崎藤村の『夜明け前』

この本には維新期を勉強しているとき出会い、読み耽りました。京と江戸の中間にある木曽の青山半蔵の記述を通して、維新期を描いた「難しい」本でした。だから、2年ほど前に再読しました。「木曾路はすべて山の中である」。

③畑中武夫の『宇宙と星』

著者は、結婚していた長兄の妻の従兄、薦められて読みました。「宇宙の科学」を学びたいと思いました。高校3年の時です。人類がどのようにして宇宙を把握できるようになったのか、ロマンを掻き立てられました。今も、冬場、星空にオリオン座や北極星などを眺めることがあります。

④吉田洋一の『零の発見』

インドでの零の発見は、人類史上の偉大な「発見」でした。大袈裟に言えば、学の基礎にそれはあります。この本を読むまでは、考えたこともなかったことがらです。「学問の書」ではありません、この本を切掛けに、例えば「1プラス1はなぜ2になるのか」など、物事の本質に迫るようになりました。浪人時代の読書。

⑤加藤周一の『ウズベック・クロアチア・ケララ紀行』

これも浪人時代の読書。1958年から59年、加藤はソ連のウズベック、ユーゴスラビアのクロアチア、共産党政権が成立したばかりのインドのケララ州を訪れます。「冷戦は現実によっていつか追い越されるほかは無いだろう」と予測します。この本を読んだ1年後、著者の謦咳（けいがい）に接しました。そして、「加藤読書」のスタートにもなりました。

⑥ジョン・リードの『世界をゆるがした十日間』

ロシア革命を米国のジャーナリストが書いたルポルタージュ。リードは十月革命を直接経験し、滞在中にボリシェヴィキの指導者を取材しました。革命の息吹が伝わりました。ロシア革命に「中立」だった僕でしたが……。これは、一浪の後入学した大学1年生の4カ月間（学校の授業はさぼり図書館に通いました）に読んだ岩波文庫「100冊の本」の1冊です。ちなみに、この時、60冊ほどを読んだでしょうか（以下はその時の一部です）。

『ヴェニスの商人』（シェイクスピア）、『啄木歌集』（石川啄木）、『モンテ・クリスト伯』（デュマ）、『デミアン』（ヘッセ）、『レ・ミゼラブル』（ユーゴー）、『赤と黒』（スタンダール）、『荒野の呼び声』（ロンドン）、『ファウスト』（ゲーテ）、『余は如何にして基督信徒となりし乎』（内村鑑三）、『フランクリン自伝』、『共産党宣言』（マルクス、エンゲルス）、『罪と罰』（ドストエフスキー）、『富岳百景・走れメロス』（太宰治）、『藤村詩抄』（島崎藤村）、『ジャン・クリストフ』（ロマン・ロラン）、『空想より科学へ』（エンゲルス）、『貧乏物語』（河上肇）、『古代への情熱』（シュリーマン）、『武器よさらば』（ヘミングウェイ）、『真空地帯』（野間宏）、『若きウェルテルの悩み』（ゲーテ）、『カラマーゾフの兄弟』（ドストエフスキー）、『田園交響楽』（ジイド）、『ロウソクの科学』（ファラデー）、『茶の本』（岡倉覚三）、『ユートピア』（モア）、『どん底』（ゴーリキ）、『賃労働と資本』（マルクス）、『水と原生林のはざまで』（シュバイツァー）、『帝国主義論』（レーニン）、『父と子』（ツルゲーネフ）、『阿Q正伝・狂人日記』（魯迅）、『善の研究』（西田幾多郎）、『方法序説』（デカルト）、『職業としての学問』（ウェーバー）……。

⑦大江健三郎の『ヒロシマ・ノート』

大学1年生の7月、この本を読んで広島に行こうと思い、8月5日の夜行列車に1人で乗りました。前年の8月、豪雨の中を進む平和行進と集会を、京都で観ていた（参加者ではありません）ことがありますが、そのことも影響したのでしょう。広島から帰って染色工場でアルバイトをして、バイト料の全額を広島の原爆記念病院にカンパして新学期を迎えました（病院と院長のことは、著者も本書で触れています）。１９４５年8月18日に生まれた僕は、この年に20歳になりました。僕には、メモリアルな書でした。

《読書新生》

①『99歳一日一言』（むのたけじ、岩波新書）で著者は、３６５日分の短文で自分と歴史、世の中の仕組みを語っている。その日の「格言」ではなく、著者の自説が自由にちりばめられている。その言説は、「連帯」の勧めであり、屈しない生き方の提示であり、生きることと死ぬことへの「賛歌」といえようか。読んでいて楽しくなった。

1月5日「一人で歴史は作れない。と同時に、その一人がいたから歴史が始まって進んだこともある。ひとり、一人、ヒトリの力。人間一人の存在、その力を軽蔑する者は、自分の人生の岐路で自分に裏切られる」。

9月9日「『戦争のない社会の実現』という合言葉は2つの目標を内蔵せねばならぬ。『戦争を必要としない社会の実現』『どんな勢力が出現し戦争をやろうとしてもやることのできない社会の実現』」。

12月19日「たった1回きりだ。自分の死を自分で大切にしようよ」。

②『加藤周一 最終講義』(加藤周一、かもがわ出版)は、「最後の講義」をまとめたもの。加藤の語りには、彼独特の「脱線」があるが、この4点はその「脱線の妙」を遺憾なく示している。『日本霊異記』とマルクス主義を語るとか、法然、親鸞と『資本論』を同時に論じるとか……。魅力一杯の著作。

〈マルクス主義が豊富で鋭いのは資本主義社会の分析です。いま日本社会は、市場経済万能論と民営化論で、ある意味でだんだん純粋資本主義に近くなってきているでしょう。それを理解するためにマルクス主義は非常に有効ですよ〉

〈厳密に言えば、科学的命題とは、これは間違っているということのできるような命題の一種なんです。すべてこれは間違いであると言うことのできる命題の集合は科学的命題の集合であるとは言えないけれど、科学的命題というのはすべて、それは間違っているということを、観察できる事実によって言えるような命題の集合です〉

③『成長から成熟へ―さよなら経済大国』（天野祐吉、集英社新書）は、広告を論じることを作業の対象にし、社会をえぐり歩むべき道を指し示した人の著書。〝欲望の廃品化〟というべき「富国強兵社会」に著者は異を唱える。

〈100％純粋培養の軍国少年だったぼくは、1945年8月15日を境にアメリカ文化にどっぷり漬けのイカレポンチに変身……こんなにあっさり、しかもとことんアメリカ化した国も珍しいんじゃないか〉

〈商品の計画的廃品化なしに、経済成長は維持できない。……それは品質や機能の廃品化から始まる〉

〈次はどういう時代が始まるのか。それは「どういう時代が始まるか」ではなく、「どういう時代を始めるのか」ということでしょう〉

〈別品。／いいなあ。経済力にせよ軍事力にせよ、日本は1位とか2位とかを争う野暮な国じゃなくていい。「別品」の国でありたいと思うのです〉

④『不屈　瀬長亀次郎日記　第2部　那覇市長』（琉球新報社／編）は〝カメさんの背中に乗って本土に帰ろう〟と人々に慕われた瀬長亀次郎（1907～2001）の

那覇市長時代（1956〜5年）の記録。まことに面白く、スリルとリアル感いっぱいの読み物だ。

〈祝賀会の参会者ざっと20000人ぎっしり……12（市会議員に当選した人数）の市民を嵐から守るガジマルをあなた方は植えつけた。植えつけたばっかりだ。だがその根は市民の台所にしっかりとだきついている。ガジマルのうっそうとしてしげってつくりだしているこかげは、こよなきいこいの場所である〉（8月13日）

〈ベンム官は私を追放することには成功する。だが沖縄だけでなく、日本国民の反げきと世界の世論の高まりとその波とうに彼とワシントン政府はのみ込まれることを覚悟すべきだ〉（11月24日）

⑤『彼らは自由だと思っていた―元ナチ党員十人の思想と行動』（ミルトン・マイヤー、訳／田中浩・金井和子、未来社）は、「第13章　しかしそれは遅すぎた」で書いている。

〈ニーメラー牧師は、（ご自分についてはあまりにも謙虚に）何千何万という私のような人間を代弁して、こう語られました。ナチ党が共産主義を攻撃したとき、私は自分が多少不安だったが、共産主義者でなかったから何もしなかった。ついでナチ党は社会主義者を攻撃した。私は前よりも不安だったが、社会主義者ではなかったから何もしなかった。ついで学校が、新聞が、ユダヤ人等々が攻撃された。私はずっと不安だったが、まだ何もしなかった。ナチ党はついに教会を攻撃した。彼は牧師だったから行動し（たが、しかしそれは遅すぎた。）〉

⑥『君死にたもうことなかれ』（吉田隆子／著・小宮多美江／編、新宿書房）の著者である作曲家・吉田隆子（１９１０～１９５６）のオペラ「君死にたもうことなかれ」の台本収録をメインとした著作。隆子は歌曲「君死にたもうことなかれ」を作曲しているが（１９４９年４月初演）、次に手がけたのがオペラ。これは台本が完成しているが、曲は生あるうちには制作されなかった。

〈若くして芸術への情熱に目覚め、それを理解しない家に反発して、……自立の道を歩みはじめ……、ふたりの生涯には驚くほどの共通性〈本書・林光〉〉〈不世出の詩人、与謝野晶子の長詩「君死にたもうことなかれ」の作曲を思い立ったのは、終戦の翌る年、まだ街々の焼け跡に余じんがくすぶっているような時分〉

〈明治の時代の感触をもちながらも、女の悲哀を通して鋭く戦争に抗議した晶子の

「君死にたもうことなかれ」を、現代の歌曲として生かしたい〉

⑦『夜の歌　知られざる戦没作曲家・尾崎宗吉を追って』（窪島誠一郎、清流出版）の
尾崎宗吉は1945年、戦地で30歳で命を失った作曲家。彼のことを戦没画学生慰霊美術館「無言館」館主の窪島誠一郎が記述した人生と音楽の書。窪島は、尾崎のチェロ曲「夜の歌」を聴いてこの本を書いた。戦争が命を奪い、永遠に音楽で表現できなくしてしまった。

〈あの宗吉の「夜の歌」こそ、物言わぬ「無言館」に充満し、あふれている画学生たちの声であり、言葉でないのかとさえ思ったのだ〉

〈「無言館」でコンサート「死んだ男の残したものは」がひらかれたのは2011年11月12日の夜のことである……曲目はもちろん尾崎宗吉の遺曲だけで構成され、―「小弦楽四重奏曲」「チェロ・ソナタ」「ヴァイオリン・ソナタ第三番」、そして「夜の歌」〉。

戦没画学生の作品を展示している「無言館」館主ならではの書。

⑧『ルイ・ボナパルトのブリュメール一八日』（カール・マルクス、訳／市橋秀泰、新

日本出版社）は１８４８年の2月革命から１８５１年12月のルイ・ボナパルトのクーデターまでの期間、フランスを舞台とする政治的激動をマルクスが書いた、一種のルポルタージュともいうべき文章。１８１８年生まれのマルクスの「物書き能力」が如何に優れたものであったかを示している。マルクスはこの出来事を、いわばジャーナリストとして書いているのだが、１５０年先まで生きている叙述、分析に驚嘆している。マルクス主義の〝教科書〟ともいえる著作、50年ほど前に読んだはずだが、如何に浅薄なものであったかを痛感している。当時の（これは週刊誌に書かれた）読者にはなじみのあった事柄なんだろうが、年表と人名、出来事を頭にいれ込むことで記述が身近になる。

〈ヘーゲルはどこかで言っている、すべての世界史的な大事件と巨人や大人物は二回現われるというようなことを。ただしヘーゲルは、それに加えて次のように言うのを忘れている――一回目は偉大な悲劇として、二回目は安っぽい茶番狂言として、と〉

〈ブルボン家が大土地所有者の王朝であったように……ボナパルト家は……人民大衆の王朝なのだ。ブルジョア議会に屈したあのボナパルトでなく、ブルジョア議会を追い散らしたあのボナパルトこそ、農民が選びだした人物なのだ。……１８４８

年の……あの選挙が……このクーデタによって実現した〉

⑨『ベアテ・シロタと日本国憲法　父と娘の物語』（ナスリーン・アジミ、ミッシェル・ワッセルマン／著・小泉直子／訳、岩波ブックレット）。日本国憲法に男女平等条項を書きこんだことで名高いベアテと彼女の父親であるピアニストの、戦前日本を舞台とする物語である。短い文章の中にピアニストの思いがつづられている。この書に寄せた文章の中で、ベアテが〈本書は、私の父、レオ・シロタと私が経験した異文化交流の物語〉といっている。

〈第九条ほどではないが革命的な条文がある。第二四条である〉

〈ベアテが繰り返し語ったように、憲法の条文は、日本国民が心から望み求めていたことを反映している……日本は独自の比類のない憲法をもつことになった〉

〈ウクライナの家系でヨーロッパに生まれ日本で育った22歳のアメリカ人が関わった……日本女性の平等な権利を保障するという志は現在も憲法にしっかりと残っている〉

Ⅳ　人間の選択と戦争

《選挙に向けて①》

小さかった頃の私の中の私に尋ねた／戦後生まれの戦争を知らない世代として育った。しかしその意味はよく解らなかった／小さかった頃の私の中の私に尋ねた／小学校の講堂で、硬い椅子に座って「原爆の子」の映画を見た。被害の歴史を学んだ／少し大きくなった頃の私の中の私に尋ねた／中学校で大好きな先生が希望しない小学校に配置転換された。なんかおかしいと感じた／もう少し大きくなった私の中の私に尋ねた／高校で部落差別や黒人差別を知った。同じ人間なのに、納得できなかった

大きくなった私の中の私に尋ねたら／障害者施設で働きたいと思い、就職し働き始めた。おかしいと思うことがいっぱい／大人になった私の中の私に尋ねた／結婚し、子どもを産み、自分以外の人の人生を考えるようになり、いっそう社会に目が向いた／私の

中の私にたずねたら／あっという間に孫ができ、そして社会が急にきな臭くなってきた／何をしていたのだろうか？　何をしていなかったのだろうか？／戦後世代にいつまでもなっていたいのに、戦争を知らない世代になっていたいのに、でもそれは、とてものんきな言い草／私が知らなくても、世界には小さい子どもが戦火の中で命を奪われたり、難民になり戦争のまっただなか／日本でも沖縄では、基地があり、戦闘機が空を飛ぶところで子どもたちは生きている／このまま知らなくてもよいとは思わない／私たちの力で、未来に生きる子どもたちに、戦後世代を手渡したい

私の中の私に尋ねる／選挙で意思表示することができるチャンスにどうする／平和憲法、命を懸けて守りたい／そして問いたい／あなたの中のあなたに／あなたはどうしますか？／あなたの未来をだれに、何処に託しますか？／あなたの1票がこの街の未来を決めます／その意味を解って選挙に臨みたい／小さい頃はわからなかったけれど、今その大人の責任を果たそう／子どもたちのために　（「私の中の私に尋ねる」　池添素）

《選挙に向けて②》

戦国の大名・武田信玄いえり、〈人は城、人は石垣、人は堀、情けは味方、仇（あだ）は敵なり〉

と。人材こそが石垣や城であり、それは堅固な城塞に匹敵する（あるいは上回る）、「ひと」を以って邦の守りとなす、「ひと」を大事にすれば、かれらが領地や自分を守ってくれる。それは城よりはるかに強力な「防衛力」をもつという意味か。信頼や団結力こそが大切。城があっても、「ひとの力」がなければ役に立たない。信頼できる「ひと」の集まりは強固な「城」に匹敵する。「ひと」は、情をかけると味方になるが、力で抑えつけたり不信感を与えると必ず反発にあい、害意を抱くようになる。いま風にいえば、個人の才能を十分に発揮できる集団を作ることが大切で、「その人材こそが城であり石垣であり堀である」という教訓か。

お寺の境内に12段の石段があり、そこには鉄製の手すりがついている。世界遺産のお寺の中で、のぼり降りの訓練、リハビリをしているが、その目の前は苔むす石垣、苔と石垣を観ながら苔のことを考えたり、石垣のことを考えたりしながら足を運ぶ。

「日本国」のためと称して「国民」の幸せをふみにじる。憲法の「キモ」である「すべて国民は、個人として尊重される。生命、自由及び幸福追求に対する国民の権利については、公共の福祉に反しない限り、立法その他の国政の上で、最大の尊重を必要とする」（憲法13条）を持ち出すまでもなく、「幸せ」を踏みにじる政治をつづけさせるわけにはいかない。

《選挙に向けて③》

多度利津伎　布理加幣利美禮婆　山河遠　古依天波越而来都留毛野香那（たどりつき　ふりかへりみれば　やまかはを　こえてはこえてきつるものかな）と万葉仮名で書いてある碑が、京都東山の麓の法然院に建っている。和歌を詠んだのは経済学者であり、京都帝国大学教授だった河上肇（1879〜1946）、「或黨の黨員となりし折の歌」とのことだが、「或黨」は日本共産党のこと。共産党の前進を願い67年の生涯を終えた河上に、共産党は「革命の闘士、同志河上肇の死をいたみ、われら一同闘争に邁進する」との電報を送った。僕の母は伝記や自伝を好んだが、なかでも繰り返し読んだのは河上肇の『自叙伝』だった。想像するに、河上の誠実な生き方と文章力に惹かれてのことだったのだろう。何十回も読んでボロボロになっていた『自叙伝』全5冊を棺に入れた。

1950年、沖縄群島の知事選挙に立候補した瀬長亀次郎（1907〜2001）は、「アメリカは軍用地料を支払え、祖国復帰を勝ち取ろうと叫ぶべきだ。瀬長一人が叫んだなら50メートル先まで聞こえる。ここに集まった人たちが声をそろえて叫べば、全那覇市民まで聞こえる。沖縄の90万人民が声をそろえて叫んだならば、太平洋の荒波を越えてワシントン政府を動かすことができる」と言った。

山宣＝山本宣治（１８８９～１９２９）は戦争前の代議士、治安維持法の最高刑が死刑になることに反対の論陣を張っているさなか、右翼団体員のテロで命を落とす。山宣の息子が僕の主治医であったこと、孫が幼馴染であることもあって、以前から親しみを感じてきた。山宣は科学と抵抗のシンボルであった。

「実に今や階級的立場を守るものはただ一人だ、山宣独り孤塁を守る。だが僕は淋しくない、背後には多くの大衆が支持しているから……」とは山宣の演説、墓碑には〝山宣ひとり孤塁を守る／だが私は淋しくない／背後には大衆が支持してゐるから〟と刻まれている。99％の願いを背負う僕らの営み。

〈抗米救国の闘争のなかで、我々はまさにこれから大きな犠牲と困難に耐えねばならないだろう。／しかし最後の勝利を私達が収めるのは間違いない……。山もあり、川もあり、人もいる。／アメリカ侵略者を追い出したあとに、今より十倍も美しく、祖国を築きあげよう〉。ホー・チ・ミン（１８９０～１９６９）に特別の親しみを感じて生きてきた。〈生涯を通じ、私は心から、力の及ぶ限り祖国と革命と人民に奉仕してきた。いま、この世から去るにしても、心残りは何もない。ただ、これ以上奉仕できないことを残念に思うだけである。／私の最後の望みは、全党員、全人民が闘いにおいて固く団結し、統一、独立、平和、民主、繁栄のベトナムを建設し、世界の革命に価値ある貢献をして欲しいということである。〉（１９６９年、遺書から）

《選挙に向けて④》

加藤周一（１９１９～２００８）は言う。「言葉は、どれほど鋭くても、またどれほど多くの人々の声となっても、一台の戦車さえ破壊することはできない。戦車は、すべての声を沈黙させることができるし、プラハの全体を破壊することもできる。しかしプラハ街頭における戦車の存在そのものを正当化することはできないだろう。自分自身を正当化するためには、どうしても言葉を必要とする。すなわち相手を沈黙させるのではなく、反駁しなければならない。言葉に対するには言葉をもってしなければならない。1968年の夏、小雨に濡れたプラハの街頭に対峙していたのは、圧倒的で無力な戦車と、無力で圧倒的な言葉であった」（「言葉と戦車」、1968年）。

加藤は、「宮本顕治さんは反戦によって日本人の名誉を救った。戦争が終わり世界中が喜んでいるのに日本人だけが茫然（ぼうぜん）自失状態だった時に、宮本さんは世界の知識層と同じように反応することができた」（2007年）とも語ったことがある。

選挙で問われているのは、演説（僕はこの言葉が好きではないが……）で使われる「言葉の歴史的背景」であり、「言葉の真実性」ではないか。僕らは「言葉」と「存在」で勝利をめざす。

【追記】ロシアの大統領であるプーチンの掛け声もあって、ロシアの軍が、ウクライナを侵略しています。そしてそれは、核施設にも及んでいます。「圧倒的な軍事力」がウクライナを踏みにじっています。「暴力」でなく、「世論」がすべてを決めます。

著者　井上　吉郎

〒603-8324 京都市北区北野紅梅町 85
弥生マンション 201
TEL　075（465）5451
Mail　info@fukushi-hiroba.com

きのう（昨日）を振り返りあした（明日）を見晴るかす

2022 年 5 月 3 日　初版第 1 刷発行

著　者　井上吉郎

発行者　竹村正治

発行所　株式会社ウインかもがわ
〒602-8119
京都市上京区出水通堀川西入　亀屋町 321
TEL 075（432）3455
FAX 075（432）2869

発売元　株式会社かもがわ出版
〒602-8119
京都市上京区出水通堀川西入　亀屋町 321
TEL 075（432）2868
FAX 075（432）2869
振替 010010-5-12436

印刷所　新日本プロセス株式会社

ISBN978-4-909880-34-5　C0095

好評　井上吉郎の既刊書

日本近代化の大事業と戦争……、本で知り得た事柄を現場で確認するそれが僕の旅のスタイルでした。

市民運動や障害者運動などでの〈現地やその道に通じた人〉との出会い。その人々を〈水先案内人〉に、学びと希望を紡いできた旅のエッセイ。

二万五千字の旅路

日本と世界をうろちょろ

2021年11月発行
A5判64ページ
定価 本体550円

2006年8月12日　僕は脳幹梗塞で倒れた。

半身麻痺、胃ろうで「食べる」、繰り返す入退院…その中で社会と関わり発信し続ける市民運動家の中途「障害者」としての苦悩・苦労・喜び。（井上）

「最善」と「最悪」をいつも考えて。

障害児者の生活と権利を守る、多忙な仕事と運動のさなか、介護家族となって…お互いにぶつかり合いながら見えてきた愛おしい日々。（池添）

「連れ合い」と「相方」

「介助される側」と「介助する側」

井上　吉郎
池添　素

世の中、死んでる暇はない

2020年11月発行
四六判178ページ
定価 本体1320円

悼詞　先に逝った人

私という存在に影響を与えた16人の「達意の人生」。京都高齢者生活協同組合くらしコープ『紫式部』連載エッセイ。　2021年5月発行　A5判42頁、220円

お問い合わせはウインかもがわ☎075-432-3455へお寄せ下さい。定価は税込